EL DUENDE VERDE

ANAYA

Para la explotación en el aula de este libro, existe un material con sugerencias didácticas y actividades que está a disposición del profesorado en nuestra web.

© Del texto: Gabriel García de Oro, 2006
© De las ilustraciones: Javier Olivares, 2006
© De esta edición: Grupo Anaya, S. A., 2006
Juan Ignacio Luca de Tena, 15. 28027 Madrid
www.anayainfantilyjuvenil.com
e-mail: anayainfantilyjuvenil@anaya.es

1.ª edición, octubre 2006
10.ª edición, noviembre 2017

Diseño: Taller Universo

ISBN: 978-84-667-5379-1
Depósito legal: M. 39194/2010

Impreso en España - Printed in Spain

Las normas ortográficas seguidas en este libro son las establecidas
por la Real Academia Española en su edición
de la *Ortografía* del año 1999.

EL DUENDE VERDE

Gabriel García de Oro

ESCUELA DE SUPERHÉROES

Ilustración: Javier Olivares

QUERIDO LECTOR

Si ahora te pregunto por el primer
nombre de superhéroe que se te pase
por la cabeza, seguramente dirás
el de Superman, Batman, Spiderman,
Hulk, Lobezno...

No hay duda de que todos ellos
son dignos de admiración. Con sus
espectaculares poderes y sus rimbombantes
nombres se han enfrentado a enemigos sin
escrúpulos y han salido airosos, cuando
no por los aires, de las aventuras más
peligrosas y arriesgadas. Con los
coloridos trajes, las botas altas,
los antifaces carantones y los
sofisticados artilugios, sus historias
nos han dejado a todos, en más de
una ocasión, con la boca abierta
y la imaginación por las nubes.
Muchos de ellos, incluso, se han tenido
que enfrentar a sus miedos y complejos
para poder seguir con sus heroicas
misiones. En definitiva, con mayor
o menor dificultad, todos han usado sus
superpoderes para el bien, conscientes
de aquella máxima que dijo tío Ben
a Peter Parker antes de convertirse
definitivamente en el hombre araña:

«Todo poder conlleva una gran
responsabilidad».

Pero, ¿qué ocurre cuando uno no tiene
ningún poder especial?

Así es Piedra Sencilla. Un niño normal nacido en un lugar muy especial: un planeta de superhéroes. Con su *normalidad* a cuestas, Piedra Sencilla tendrá que descubrir por sí mismo que hay poderes menos espectaculares que el de ver a través de las paredes o el de volar a la velocidad de la luz. Sí, menos espectaculares, pero curiosamente mucho más difíciles de encontrar, tanto en este como en otros mundos. Porque, ¿quién duda de que romper los prejuicios es más difícil que romper la barrera del sonido?

Página a página, Piedra Sencilla entrará en una historia que cambiará su vida... y la de todo su mundo. Y espero que tú, página a página descubras a un superhéroe distinto a cuantos hayas conocido hasta el momento. Tan distinto que es muy parecido a ti.

También espero que disfrutes de la lectura y que, cuando alguien te pregunte por el primer nombre de superhéroe que te pase por la cabeza, digas Piedra Sencilla.

A mis padres,
que me enseñaron cómo se comportan
los superhéroes de verdad.

1

¿QUIÉN HA VISTO LLORAR A UN HOMBRE INVISIBLE?

EN un rincón de la galaxia hay un planeta tan parecido a la Tierra que tiene mares, montañas, flores, animales… y, por supuesto, habitantes. Son tan parecidos a los humanos que tienen cabeza, ojos, cabellos, piernas, manos… pero, sin embargo, hay algo que les hace muy, pero que muy distintos: todos tienen algún poder fantástico y espectacular.

Sí, estoy hablando de superhéroes que pueden correr a la velocidad de la luz, volar por los territorios reservados a las nubes o leer los pensamientos como quien lee un periódico.

Desde el mismo momento del parto, el superhéroe-bebé tiene un poder especial que le identifica, lo que hace de las salas de parto un verdadero espectáculo: niños revoloteando como moscas, lanzando fuego como un dragón descontrolado o congelando cualquier cosa que se ponga a tiro, por poner algún ejemplo. Por suerte, los médicos están acostumbrados y saben hacer muy bien su trabajo.

Los padres, en cambio, nunca acaban por acostumbrarse; se ponen nerviosos, se muerden las uñas y se pasean en círculos como panteras. Sí, los padres están superimpacientes por averiguar el poder de su hijo. ¿Será un hombre araña, un saltimbanqui volador, una mujer avispa o una nena de fuego? No hay manera de saberlo. Poco importa que un niño tenga un padre atómico y una madre torbellino; puede salir un niño pez sin que en la familia exista ningún pariente del mar. No sé cuál es la razón, nadie lo sabe.

Sí se sabe, en cambio, que en una de esas salas de parto nació un niño que ni armó ningún escándalo, ni trepó por las paredes, ni escupió una baba magnética a la comadrona ni se convirtió en arenilla.

Ese niño, simplemente, salió, lloró y calló.

Sus padres, un hombre invisible y una mujer incógnita, se preocuparon, pero los médicos dijeron que en algunos casos era necesario esperar. Como no había más remedio, esperaron, y mientras el hombre invisible prefirió desaparecer para desesperarse tranquilamente, la mujer incógnita se hizo un montón de preguntas que nadie supo responder.

La inesperada espera duró hasta que un médico, después de realizar un montón de pruebas al bebé, anunció algo terrible:

—Este niño es sencillo como una piedra, pero no como una piedra preciosa y brillante, no. Este niño es sencillo como una piedra que no es ni preciosa ni brillante.

Cuando el médico acabó de decir estas palabras, la madre se puso a llorar desconsoladamente. Nadie vio llorar al padre, pero ¿quién ha visto llorar a un hombre invisible?

Los médicos intentaron buscar alguna explicación, dar alguna esperanza, pero estaban tan perdidos…

La noticia corrió por todo el planeta. La gente hablaba acerca de un niño extraño que había nacido sin poder y, al acto, alguien inventaba una teoría de cómo había podido suceder algo así. Pero la realidad fue que ni los superperiodistas con sus reportajes, ni los médicos con sus pruebas, ni los sabios con sus reflexiones, lograron descubrir nada de nada.

Al final, como todas las noticias, pasó de moda y la opinión pública se centró en otros temas. Nadie quería prestar atención a «una cosa» tan poco interesante como un niño sin poder.

El hombre invisible y la mujer incógnita se alegraron mucho cuando el mundo los dejó en paz. En esos momentos pudieron pensar tranquilamente y acostumbrarse a que su hijo sería igual de sencillo que una piedra. Tanto se acostumbraron que quisieron darle el nombre de Piedra. Para ellos, lejos de ser una broma de mal gusto, era un reconocimiento a las palabras del médico que tan bien les atendió en el hospital. Además, si el nombre de un superhéroe viene dado por su poder, en este caso vendría del no-poder. Una cosa es no tener poder, y otra es la crueldad de no tener ni nombre.

De todas formas, las crueldades existen, y ellos sufrieron una cuando fueron a inscribir a su pequeño en el Registro de Nombres Poderosos y el Comité de Aceptación dijo:

—Este niño no puede llamarse Piedra. No tiene nada que se parezca al poder de una piedra, ni al de una roca, ni a nada por el estilo.

Los padres discutieron con el Comité y explicaron el origen del nombre.

El Comité, después de una minireunión interna, decidió que el nombre del bebé sería Piedra Sencilla. Aceptaron, por tanto, las explicaciones de los padres, pero añadieron Sencilla a Piedra, porque era sencillo como una piedra de esas que ni brillan ni son preciosas.

A los padres no les quedó más remedio que aceptar el nombre, aunque ellos le seguirían llamando Piedra y no Piedra Sencilla, que era el nombre por el que se le conocería a partir de entonces.

2

RAYITA DE LUNA

PIEDRA Sencilla habría sido un bebé normal en casi cualquier otro planeta, pero no en el suyo.

Era bonito y gordinflón. Su cabecita no tenía apenas pelo, y el poco que tenía era oscuro como un pulpo con miedo. Sus ojos grandes lo examinaban todo con una curiosidad misteriosa y frágil. Gateaba con una torpeza enternecedora, como si su pequeño cuerpo aún le viniese un poco grande. Apenas lloraba, se portaba muy bien y no molestaba. Dormía tranquilamente y, cuando lo hacía, sus ojos desaparecían detrás de dos rayitas de luna.

Sus padres disfrutaban mucho viendo dormir a Piedra Sencilla. Esas rayitas en los ojos, los movimientos de boca para hablar con algún habitante de los sueños, las manitas hechas un manojo de dedos y esos pies diminutos que buscaban la suavidad de unas sábanas jóvenes; sin arrugas. Sí, en esos momentos los padres se sentían felices, aunque atesoraban una esperanza secreta: tal vez su hijo tenía un poder tan grande que necesitaba algún tiempo para manifestarse.

Hablaban mucho de esta posibilidad y discutían la mejor manera de hacer salir ese poder tardón. Querían encontrar la forma de demostrar al mundo que Piedra no era tan sencillo, pero no era fácil. Lo malo de ser el primero en algo (recordemos: nunca antes se había dado un caso parecido) es la inexperiencia. No hay especialistas, no hay medicamentos, no hay estudiosos… Aun así, visitaron a médicos, curanderos, superbrujas y hechiceros, pero nadie tenía la respuesta que ellos buscaban. Por lo demás, el bebé seguía gozando de buena salud. Las revisiones médicas reflejaban un crecimiento sano y fuerte, parecido al de cualquier otro niño del planeta.

Así fue creciendo, y pasó de ser un recién nacido a tener un año, luego pasó a tener dos y luego pasó a tener tres. Esto puede parecer una obviedad, ya que los años se cumplen de uno en uno, pero no es cierto. Hay superpeques que solo cumplen los años impares, y pasan de tener un año a tener tres, y de tener tres a tener cinco. Luego hay quienes cumplen así: tienen un año, luego tienen dos y luego cuatro y luego ocho. Estos niños pueden tener trescientos años y parecer simples adolescentes. Pero no era el caso de Piedra Sencilla, él cumplía de uno en uno y sus padres se ahorraban un dinero importante en velas de cumpleaños.

Cuando cumplió cuatro años, sus padres pensaron que ya había llegado el momento de intentar enseñarle unas cuantas cosas. Su padre le dio clases de invisibilidad y su madre le enseñó a hacer preguntas, adivinanzas y acertijos.

Las clases de invisibilidad consistían en lo siguiente:

—Mira, fíjate, haz como yo, así —decía el padre.

En ese momento, el hombre se hacía invisible y le tocaba el turno a Piedra, pero cuando lo intentaba, desaparecían las ganas de seguir con las clases. Bueno, a veces cerraba los ojos y conseguía que todo a su alrededor fuese invisible, nada más.

Con la madre pasaba tres cuartos de lo mismo.

—Hazme alguna pregunta —decía ella.

—*¿Cuála?* —contestaba él.

—No se dice «cuála» se dice «cuál» —replicaba ella.

—*¿Lo qué?*

Podían pasar horas con este diálogo para superbesugos y, normalmente, los dos acababan por desesperarse.

Estas clases tan particulares duraron unos cuatro meses; luego, los profesores y el alumno abandonaron el intento.

Los años se tomaron su tiempo, pero acabaron por pasar. Piedra Sencilla cumplió cinco, seis y siete años y, si bien dejó de decir «cuála» y «lo qué», no desarrolló ningún otro poder. Sí desarrolló una gran capacidad para entender que su padre desapareciese de repente o que su madre hablara con códigos secretos o que los niños volasen o incendiasen papeleras con la mirada. Entendió, con normalidad y tranquilidad, que él no era como ellos. Jamás podría hacer ninguna de esas cosas, pero no sintió rabia. Nunca tuvo poderes, y no fue difícil, por tanto, acostumbrarse a no tener algo que nunca había tenido.

Piedra Sencilla era, a los siete años, un niño pausado y reflexivo que se tomaba las cosas con una cierta filosofía. Era reservado, cuidadoso con los pequeños detalles y, como hacen los poetas, le gustaba observar aquellos objetos del día a día que pasan inadvertidos.

En la escuela era el alumno raro. Se limitaba a estar sentado sin participar en casi nada, porque en casi nada podía participar, si no contamos las clases de Historia de los Héroes o de Geografía Poderosa.

Sin embargo, el colegio se portó muy bien con él. Los profesores sabían lo que ocurría y no le exigían nada. Para ellos era un caso perdido, y no pretendieron sacar de él nada poderoso ni espectacular.

Una vez, la directora, la señora El Lado Bueno, intentó animar a Piedra diciendo que, si no tenía poderes, tampoco tenía la oportunidad de convertirse en un supervillano. Eso era algo bueno; poco, pero bueno. Piedra Sencilla agradeció el gesto de la señora El Lado Bueno, y esa capacidad de ver cosas positivas, por mínimas e insignificantes que resultasen.

Ni superhéroe ni supervillano, así sería, y a él ya le parecía bien. Tenía bastante con estar tranquilo y se cumplió el deseo: sus compañeros de clase no le hacían la burla ni chistes humillantes, pero tampoco se acercaban. Simplemente era, por fin, como si fuese invisible.

3

Olas que a la orilla llegan rotas

En la Tierra, el mar tiene muchos colores distintos. Para mucha gente simplemente es azul, pero en él se mezclan tonos turquesa, esmeralda, rosados... La Luna, cuando nada, convierte al mar en plata antes de que el Sol lo vuelva oro, y al caer la tarde, los lomos de las olas parecen antorchas tumbadas que se encienden y se apagan. A veces, el blanco aparece, al fondo, haciendo pequeños rizos que se acercan rápidos para alejarse de nuevo después de tocar la arena. Hay ocasiones, incluso, en las que el cielo se vuelca en el horizonte, ¿quién podría decir, en esos momentos, dónde empieza uno o dónde acaba otro?

Pero, sobre colores, el mar del planeta de los superhéroes gana a cualquier mar que exista en el universo. Azules, blancos, platas, oros... Todos los colores imaginables están en esas aguas, pero sin mezclarse, como si el arco iris se hubiese estirado a descansar sobre las aguas. Además, cada color tiene una propiedad especial. El agua verde cura el resfriado, la amarilla reanima las flores mustias, el refresco de agua negra quita las jaquecas y es bueno para vencer el insomnio. El sabor también es mucho más variado: hay agua salada, pero también dulce, amarga, con sabor a fresa, de menta y de pomelo. Imagínate lo ricas que son las playas y lo bien que sienta un baño de verano.

Justo empezaba el verano cuando Piedra Sencilla paseaba por la playa, mirando cómo el mar se acercaba con distintos colores cada vez. Cuando empezó a sentirse un poco cansado, se paró cerca de la orilla, se sentó y cerró los ojos para respirar profundamente. ¡Cómo le gustaba llenarse los pulmones con aire recién llegado de los océanos!

La mañana era clara y luminosa. Había sido una gran idea saltarse las clases de Prácticas y Ejercicios Aéreos. Él sabía que los profesores preferían no tener a un no-poderoso estorbando por allí. Ellos nunca lo admitirían, pero él lo sabía. Por tanto, era mejor estar aquí, en la playa, que allí, perdiendo el tiempo en clase. Además, en esos momentos conseguía no sentirse distinto, incluso llegaba a creer en algo parecido a la fortuna, porque mientras sus compañeros estaban en clase, él estaba frente al mar, respirando hondo y disfrutando de un precioso día de sol.

Solo podía disfrutar de todas aquellas cosas comunes, aquellas tan normales como él, aquellas que ocurrían a diario y de las que apenas nadie se daba cuenta. Aquellas cosas descuidadas por los otros eran las suyas.

Sus pensamientos distraídos frente al mar dieron una voltereta cuando se fijó en algo que le sorprendió: algunas olas llegaban rotas a la orilla.

Piedra era un auténtico experto en el mar, lo había mirado tanto que podía dibujarlo de memoria. Sabía que, después de romper en la orilla, las olas se mezclan formando combinaciones preciosas de colores. ¡Pero siempre después de besar la orilla, nunca antes!

Piedra Sencilla se levantó y oteó el horizonte. No vio nada. Siguió oteando y vio un puntito a lo lejos. Se frotó los ojos para asegurarse de no tener ninguna mota de polvo. Volvió a otear y el puntito se hizo un poco más claro. Sí, sí, aquello era algo y era lo que rompía las olas. ¿Qué podría ser? Por allí no pasaban héroes marinos, ni deslizabarcos, ni se hacían prácticas de ningún tipo. Siguió atento, observando y forzando la vista. No conseguía ver nada, sus ojos no estaban preparados para ver a tanta distancia. Era una lástima no tener supervisión, le hubiese venido de perlas.

Cuando aún no había podido ni adivinar qué demonios era eso que rompía las olas, sonó la Alarma.

La Alarma solo se disparaba en casos de peligro real para el planeta. Un planeta de héroes debe defenderse de ciertos villanos, y el sonido de aquella alarma anunciaba de antemano los problemas. Pero casi nunca sonaba, nadie se atrevía a atacar a un planeta de superhéroes. De hecho, Piedra solo recordaba haberla oído en alguna fiesta o en algún que otro simulacro, pero siempre para entrenar, nunca para avisar de un verdadero peligro.

Rápidamente todos entendieron que la Alarma no sonaba por una avería. Los Grupos de Élite, formados por superhéroes de todas las clases, empezaron a llenar la playa de gritos:

—¿Qué es eso?

—¡Es un gran gigante!

—¿De dónde ha salido?

—¡No es ningún supervillano conocido!

—¡Debemos impedir que llegue a nuestra costa!

—¡Ataquemos!

Piedra se quedó estupefacto. Tenía miedo, pero la curiosidad fue más fuerte. No podía abandonar la playa sin saber qué estaba pasando.

El puntito empezó a tomar la forma de un gigante descomunal de, por lo menos, tres rascacielos de altura. Los superhéroes, asustados y sin pensárselo demasiado, lanzaron un fuerte ataque. No podían permitir que el monstruo alcanzara la orilla, porque muchos inocentes estarían en peligro.

Rayos de energía, redes irrompibles, disparos de trueno…, todos aportaban su poder para acabar con el gigante, pero cada vez estaba más cerca de la orilla. Tan cerca estaba que Piedra pudo, por fin, ver con claridad que era un gigante impresionante. Alto y ancho como una montaña con el pelo largo, casi sin fin. Uno de sus cabellos hubiese servido para poner cabellera a cuarenta calvos (un gran negocio, sin duda, para los peluqueros). Pero es que no era solo el pelo, todo era enorme: la nariz, los labios, los ojos, las cejas... En él no había nada pequeño. Esa era su gran peculiaridad: simplemente era inmenso. El agua le llegaba a la pantorrilla, y eso que estaba en las profundidades más profundas, pero para él aquello era un charco diminuto en donde embarrarse las botas. Por lo demás hubiera sido como tú, si midieses como veinte veces más. ¿Te imaginas cómo sería tu nariz entonces y qué mocos tendrías cuando te constiparas? Usarías sábanas en vez de pañuelos… Y ¿dónde dormirías?

El gigante vestía un traje blanco acolchado, el tipo de vestimenta que se lleva en los viajes intergalácticos. Eso preocupó a Piedra. Si ese monstruo había llegado hasta el planeta, seguro que no sería el último. Vendrían más a acabar con ellos. Pero tal vez no serían necesarios más gigantes, quizá uno solo bastaba para destruirlo todo. Los ataques, tan poderosos que hacían hervir el agua del mar como si fuese una sopa, ni inmutaban al invasor. Solo de vez en cuando daba un manotazo, creando un viento huracanado que levantaba el agua en diminutos tifones. La montaña de pelo largo parecía, justamente, eso: una montaña que ni se daba cuenta de la escalofriante tormenta de poderes galácticos que recibía.

De pronto, sin más, como si se hubiese cansado de jugar, el gigante dio media vuelta y se fue. Los Grupos de Élite se quedaron boquiabiertos. No podían creer que el enemigo abandonara la lucha sin dar ni una explicación, o una amenaza, que es lo que se hace en estos casos. Pero no, el gigante se limitó a dar media vuelta y a zanquear en las profundas aguas. En cuestión de segundos, la montaña de pelo largo volvió a convertirse en un puntito, difuso y lejano.

4

Ranas saltarinas

LOS comentarios, los chismorreos, los dimes y diretes... Cualquier tipo de habladuría corrió a más velocidad que el hombre luz. Cada cual daba su opinión, cada uno se lo tomaba a su manera. Unos tapiaban las casas, otros compraban provisiones para una futura guerra y algunos ponían trampas en la entrada del jardín (esto provocó más de un enfado entre vecinos). Incluso hubo quien abandonó la ciudad, tomó rumbo a las montañas y confió su protección a la naturaleza.

El clima era de paranoia absoluta. El planeta no estaba preparado para sentirse amenazado. Ellos eran superhéroes, lo habían sido desde el inicio de los tiempos, cuando los astros eran aún bebés de estrellas. ¿Cómo era posible que, de repente, hubiesen perdido todo su poder? ¿Cómo explicar que los Grupos de Élite no hubieran conseguido tumbar a ese patoso gigantón? ¿Cómo esperar a ser invadidos, conquistados y humillados? Difícil responder, muy difícil.

El estado de ánimo de Piedra Sencilla era similar al de los demás; confuso, alucinado, sin acabar de digerir aquel mal sueño.

Cuando llegó a casa, encontró a sus padres muy preocupados. Discutían, hablaban, lloraban y se ponían las manos en la cara tapándose los ojos:

—¿Qué va a ser de nosotros? ¿Qué será de nuestro pequeño? Él no resistiría una guerra. Es débil, no aguantará.

Piedra no tenía una oreja superfina, pero tampoco era sordo. Pudo escuchar perfectamente a sus padres y se sintió mal. No creas que pensó que sus padres se equivocaban, no. Si se sintió mal fue porque sabía que sus padres tenían razón, toda la razón.

Su madre, al ver que Piedra había entrado casi sin hacer ruido, le dijo:

—Ah, estás ahí. Supongo que nos habrás estado escuchando, y sabrás lo grave de la situación.

Él contestó que sí, que incluso lo había podido vivir en directo. También comentó que no hacía falta que se preocuparan por él; ya se las arreglaría. Tanto el hombre invisible como la mujer incógnita vieron que su hijo estaba dolido y se esforzaron por matizar sus palabras. Ellos no permitirían que nadie hiciese daño a su hijo, y menos un estúpido gigante.

Piedra escuchó a sus padres. Hizo ver que entendía las excusas e incluso agradeció el gesto. Pero de todos modos se quedó con una sensación rara, una especie de peso en el pecho: como una rana que, por dentro, saltase desde la barriga hasta la garganta.

En muy poco tiempo —unos diecisiete minutos— se anunció una Asamblea General. Todos debían ir al valle de Trántor, una explanada lo suficientemente grande como para que nadie, ni el joven MegaMamut, pudiese quejarse de estar estrecho.

Nadie podía faltar a la cita, ni siquiera Piedra Sencilla. Debían ir a hablar, a escuchar, a dialogar y a encontrar una solución.

En pocas horas quedó todo listo. Los Organizadores, dotados con grandes capacidades de gestión, tardaron apenas un par de horas en preparar el escenario, los atriles, las gradas y el tenderete de refrescos.

El valle de Trántor no estaba lejos, a unos diez minutos volando y a trece dando saltos de Zapato Muelle. Para Piedra quedaba a una media hora, pero no le importaba andar. Con salir un poco antes llegaría al mismo tiempo. Esta era una de las cosas que más le gustaba pensar: el tiempo, habitualmente, hacía que alcanzase las mismas cimas que sus poderosos compañeros. Si ellos iban volando, él iba a pie. De acuerdo, tardaba más, pero normalmente, los lugares no se mueven de sitio. Más tarde o más pronto llegaba.

Piedra Sencilla no llegó el primero, tampoco el último. Siempre hay quien, confiado por su supervelocidad, acaba por retrasarse.

Sus padres ya estaban allí, y le habían guardado un buen sitio.

—Vamos, Piedra, que está a punto de empezar —dijo nerviosa su madre.

—Bueno, para lo que hay que oír —dijo el hombre invisible sin mirar a nadie—. Me han dicho que va a salir el Lenguado.

—No le llames así, sabes que no me gusta —le regañó la mujer incógnita.

—Pero si es verdad, no sabe más que darle a la lengua. Bla, bla, bla…, pero poder real no tiene ninguno.

—Por favor, cállate ya.

Al decir esto, la madre pellizcó el brazo del hombre invisible, que enseguida se dio cuenta de que sus palabras podían haber ofendido a Piedra Sencilla.

—No me ha oído —se excusó susurrando el hombre invisible—. La verdad es que, si pudiese, desaparecería —insistió.

—No puedes, así que ya vale. Parece que el crío seas tú.

El Lenguado, como le llamaba el hombre invisible, no era otro que el Doctor Pantagloss.

Pantagloss era el gran líder, el jefazo del planeta. Nadie lo había elegido, pero lo era. Su poder principal radicaba en las palabras. Siempre elegía las precisas, dando a las cosas su nombre exacto, aunque, como ya te habrás dado cuenta, había algunas personas que no estaban del todo convencidas. Aun así, sabía perfectamente lo que la mayoría quería oír.

Para el Doctor Pantagloss aquella era una asamblea diferente. Nunca antes en el acta de la asamblea hubo un tema de tanto interés y trascendencia. Se esforzó tanto que convenció a todo el mundo, incluido al hombre invisible. No puedo repetir exactamente todo su discurso, pero más o menos esto es lo que dijo:

—La libertad solo ama a los que son capaces de pelear por ella. Nosotros vamos a pelear por nuestro futuro. Sí, amigos míos, ha llegado el momento de pelear. Está bien, sé que es difícil, pero estamos preparados, porque si no… estaríamos listos. Hoy el futuro pende de un hilo, el mismo hilo con el que se tejen los sueños. Y yo digo: ¡Vamos a despertar de esta pesadilla!

»Me he tomado la libertad de hablar con los principales responsables de nuestras Fuerzas de Defensa y me han dicho que en un par de días podremos empezar el ataque al monstruo. Sabemos que el gigante se oculta en algún lugar de la isla de Arbentuch. Seguramente espera a sus compañeros y se quedará oculto hasta que vengan a ayudarle. Esa isla, como sabéis, está deshabitada. De momento no quiero que nadie se acerque. Dejemos que piense que estamos asustados, dejemos que crea que ya ha vencido, así el golpe será más fuerte.

»Ahora ya no hay lugar para las palabras, ahora, que hablen nuestros poderes».

Con estas palabras convenció, conmovió y agitó a todos los habitantes del, hasta entonces, tranquilo planeta. Cada frase de Pantagloss llenó a cada uno de los presentes de coraje, de una especie de valentía colectiva muy distinta al temor que tenían al iniciar la asamblea.

Piedra Sencilla era la excepción. ¡Cómo le hubiese gustado participar! Pero él no podía, estaba fuera de ese sentimiento. Solo podía limitarse a esperar, a quedarse fuera viendo cómo otros conquistaban el futuro para que él pudiese vivirlo.

Piedra sintió de nuevo esas ranas saltarinas, esa tristeza que se movía por dentro agitada por unas manos invisibles. Una nueva clase de vergüenza, un sentimiento que solamente él podía comprender.

5

VENENO Y BAÑADOR

EL estado de ánimo de todo el planeta había dado una giro inesperado. Del miedo y el desánimo se pasó a la euforia. Gracias a las palabras de Lenguado... eh... perdón, de Pantagloss, todos estaban seguros de la victoria.

¿Todos? No, todos no. Para nuestro héroe sin poderes el giro había sido una vuelta completa. Volvía a estar donde empezó, incluso me atrevería a decir que estaba un poquito peor. Sí, porque cuando atacó el gigante pudo, por lo menos, compartir el miedo. Ahora, en cambio, volvía a estar solo, incapaz de sentir la valentía que sus compañeros sentían.

Preocupado y resignado a que no sería sencillo conciliar el sueño, Piedra se fue a dormir. Las ranas saltarinas seguían haciendo de las suyas y no le dejaban en paz. Su pecho era como un reloj de pared: tic, tac, tic, tac. No podía dejar de pensar en todo lo que se había dicho en la asamblea, y una idea rebotaba en su interior: muchos arriesgarían sus vidas para que él disfrutara de sus paseos por la playa.

Con estos rebotes dentro de su cabeza, dio vueltas y vueltas en la cama sin encontrar el camino del sueño, y entre tanto ajetreo nocturno se olvidó de que la noche suele ser mala consejera. Siempre es preferible tomar las decisiones importantes con la luz del sol; y si además en tu planeta hay tres, mejor que mejor.

Esto es algo que me olvidé de decir: en el planeta de los superhéroes, efectivamente, hay tres soles. Dos de ellos son amarillos, de un rubio rabioso, como en la Tierra. El otro es de un azul pálido que casi se confunde con el cielo. Algunos, al sol azul le llaman el sol tímido, y hay quien duda de que se trate de un sol propiamente dicho.

Pero no nos entretengamos en debates científicos. El caso es que Piedra tuvo, en un momento de la noche, una idea que él creyó magnífica. Sí, de repente sintió algo que no había sentido en toda su vida. Sus pensamientos se atropellaban unos a otros reclamando protagonismo, un ventilador enloquecido se le había metido en la cabeza y las ideas corrían a su alrededor como asteroides enloquecidos. Tenía un plan infalible: iría hasta la

isla Arbentuch; encontraría al gigante; se esconde-
ría entre la maleza; esperaría y, cuando el gigante se despistara, le pondría un somnífero en la
comida. Así, el gigante se dormiría plácidamente
y los Grupos de Élite se encargarían de detener a
la amenaza.

Estaba convencido. Era como si las palabras de
Pantagloss hubiesen tardado más, pero al fin hubiesen penetrado en una valentía que parecía im-
permeable. No había duda, aquella era la estrate-
gia a seguir. No solo eso, también era la más
segura para todos. A ningún superhéroe se le
ocurriría usar una estratagema tan cobarde; ellos
eran fuertes y se medían con la fuerza. Sin embargo, la fuerza se da y se recibe, y siempre hay
heridos. Con este plan, el monstruo quedaría dor-
mido y los héroes podrían detenerle y decidir qué
hacer con él. Piedra no se sentía mal por usar
una artimaña, una especie de trampa, por una
sencilla razón: no tenía poderes, y tenía que va-
lerse de otras armas, otros caminos para llegar al
mismo lugar al que sus compañeros llegarían con
sus poderes; es decir, a la victoria. De hecho, si
los humanos pudiesen volar, ¿quién hubiese pensado en inventar un avión?

No había tiempo que perder, había que actuar
con velocidad. Por suerte, el plan era sencillo y

no necesitaba de muchas cosas. Con un somnífero potente y un traje de baño bastaría.

Con el bañador no había problema, pero de somnífero andaba algo más escaso. Pensó en qué lugar de su casa podría haber algo parecido, y recordó que su padre coleccionaba flores raras. Era un pasatiempo como cualquier otro, al hombre invisible le divertían las flores y los extraños poderes que tenían. Él siempre le decía a Piedra que un vegetal, aunque parezca inofensivo, puede ser letal. Por ejemplo, la *Zancadillus bulbis* levanta sus raíces para poner zancadillas a diestro y siniestro. La *Raris trífidus* es capaz de hacer kilómetros y kilómetros gracias a que su tallo termina en una especie de trípode en el que se apoya; son como pies vegetales (una variedad de la *Raris trífidus* puede, incluso, volar). La *Vulgaris lapis* escupe a todo aquel que se ponga a tiro, y hay que tener mucho cuidado, pues su saliva puede producir graves lesiones en la piel.

Con estas propiedades, el hombre invisible preparaba ungüentos y recetas caseras. En la Tierra sería un brujo o un druida, pero en su planeta era solamente un coleccionista.

Piedra no lo pensó dos veces: si en casa había algo similar a un somnífero, estaría en la colección de su padre, en el sótano.

Allí encontró tres grandes armarios llenos de recipientes de todos los tamaños. Nunca había prestado atención, a pesar de los deseos de su padre, a las propiedades de las plantas, pero ahora leía las etiquetas de los frascos con auténtica concentración. ¡Qué suerte que su padre fuese tan meticuloso! Todas las etiquetas llevaban una descripción de los efectos y de las dosis adecuadas. Había polvos para hacer pasteles, jarabes para curar los mareos, pomadas para curar las costras que se hacen en la nariz cuando te constipas... Pero no encontró nada para dormir a un gigante.

Siguió mirando y buscando, mirando y buscando. Al final encontró un frasco que no llevaba descripción alguna. Era un frasco distinto a los otros, más viejo y misterioso. En su interior se adivinaba un líquido blanquecino. No había etiqueta. Era el típico frasco que no quiere ser encontrado. En él, solo una inscripción: *Tumbum gigantum.*

Piedra no podía creer la suerte que había tenido. ¡Era justo lo que buscaba! Un somnífero tan fuerte que tumbaría a un gigante. ¿Cómo podía ser que su padre no se acordara de que tenía un frasco de *Tumbum gigantum* en su colección? Estuvo a punto de ir, despertarle y decirle algo, pero luego pensó que era mejor seguir con el plan. De hecho, tener el frasco no significaba absolutamente nada, lo importante era que el gigante se lo tomase, y de eso ya se encargaría él.

Ya estaba todo resuelto. Piedra respiró profundamente y salió de la casa que le había visto crecer. Era de noche, los tres soles dormían, y la media luna le ponía una sonrisa al cielo. Por las calles no había ni sombras, solo él, vestido con un bañador y con un frasco de *Tumbum gigantum* en la mano.

Llegó a la orilla. Puso un pie en el agua y comprobó que estaba caliente, justo como a él le gustaba. Se mojó las muñecas, luego la nuca, y se zambulló en el mar.

6

BABILLA VERDOSA DE MOCO

LA media luna no conseguía dar luz suficiente. Los colores del agua no se distinguían, todo tenía un tono ceniciento. Piedra Sencilla estaba flotando en el vacío, ya que en el mar no hay caminos por los que andar.

¿Cuál sería la dirección correcta? ¿Dónde estaría Arbentuch? Si hubiese estudiado mejor su plan, si no se hubiese dejado llevar por la euforia, no se encontraría en una situación tan desagradable: cubierto de oscuridad por los cuatro costados e intentando que al frasco no le entrase agua (por suerte, estaba herméticamente cerrado, aunque como él no lo sabía, nadaba con un brazo en alto).

La situación empeoraba por momentos. El cansancio empezaba a conquistar su cuerpo, afectando sobre todo al brazo encargado de dar las brazadas. Cada vez era más difícil avanzar, aunque retroceder no resultaba más sencillo, simplemente porque no sabía hacia dónde ir.

El miedo empezó a compartir protagonismo con el inmenso cansancio que sentía. El pesimismo empezaba a hablar, y le decía que su plan se hundiría con él y que los héroes no podrían derrotar, por la fuerza, a un adversario mucho más fuerte que todo el planeta unido. Todo acabaría para él y los suyos como acaban los sueños, de repente y sin avisar, justo en el mejor momento. Finalmente, se abandonó a la voluntad del mar y se desmayó, aferrándose al frasco como si de un salvavidas se tratase.

Después de bastante rato, Piedra volvió en sí. Como en un baile de carnaval, un montón de imágenes danzaban a su alrededor. Estaba mareado, sentía náuseas y frío. ¿Estaría a las puertas de la muerte? ¿Era ese el cielo de los superhéroes o solo era la entrada? ¿Le dejarían entrar al cielo aunque no tuviese poderes, o los superángeles se lo estaban pensando? Y aunque se lo estuvieran pensando, ¿no había un sitio mejor para tumbar a los muertos? Esa no era manera de tratar a un ahogado. ¡Qué se habían creído!

Piedra intentó levantarse, pero se mareó y volvió a su postura inicial; boca arriba, mirando al cielo oscuro de la noche y desparramado encima de una superficie arenosa. Palpó el suelo y comprobó que esa superficie arenosa no era otra cosa que arena. No, no estaba muerto, casi podría asegurarlo. Pero si no había muerto, ¿dónde estaba? ¿Adónde le había llevado el oleaje?

Lo que estaba claro era la oscuridad, es decir, era de noche. Y eso solo podía significar dos cosas: o bien había pasado muy poco tiempo desde que decidió ir nadando hacia la isla, o bien había pasado todo el día inconsciente. No podía saberlo, lo único que sabía era que estaba cansado, muy cansado, cada vez más y más cansado. Tan cansado que, al final, sin quererlo, se durmió...

Pasado un rato, algo le despertó.

—Mamá, apaga la luz y no me preguntes nada, por favor —balbuceó tapándose la cara—. ¡Mamá, por favor! —insistió en un tono más agresivo.

Pero nada ni nadie le hacía ni caso. Su madre se había propuesto fastidiarle. ¡Quería dormir! ¡Había tenido una noche muy dura! ¿Una noche muy dura? Un momento, un momento... ¿Y si su madre no había encendido la luz? ¿Y si no estaba en casa?

Piedra abrió los ojos. Efectivamente, no era la luz de su dormitorio lo que invadía sus ojos dormidos, sino la de los soles.

Estaba tumbado en la arena de alguna playa y tenía una gran hoja encima, como si fuese una sábana vegetal. No conseguía recordar qué había pasado. Una imagen débil le vino a la cabeza. Entonces, empezó a atar cabos. Miró su mano y... sí, allí estaba el frasco. Ni el mar pudo arrebatárselo.

Tenía la mano como petrificada. Intentó abrirla y no pudo. Pensó que tal vez mordiéndola conseguiría algo, pero no fue así. Le dio un beso y tampoco. ¿Qué hacer? Menudo rollo. Prefería ser, simplemente, Piedra Sencilla, antes que «El Niño Que Tenía un Frasco de *Tumbum gigantum* en la Mano Derecha».

En estas ocupaciones estaba nuestro amigo cuando oyó algo. Era algo muy ruidoso, muy grande, que se acercaba rápidamente. ¡Era el gigante! El frasco se le cayó de la mano y golpeó en la arena, pero no se rompió. Piedra no supo reaccionar. Por suerte, el gigante no le había visto. Quiso esconderse y no supo dónde, quiso correr y no tuvo fuerzas, así que se hizo el muerto, cerrando los ojos con fuerza y escuchando avanzar al gigante.

Cada vez estaba más cerca, seguramente ya le habría visto. Era más que posible que Piedra fuese devorado de un momento a otro. Los golpes se convirtieron en vibraciones, como si la tierra saltase, como un terremoto. Piedra quería abrir los ojos. Quería ver a su verdugo. Intentó entreabrir un poco un párpado, pero el miedo que sentía no le dejaba.

Notó cómo el gigante le olisqueaba. «Vaya gigante más raro», pensó, «se comporta como un perro». Se imaginó su gran nariz. Una enorme fosa nasal llena de una babilla verdosa de moco. Un escalofrío horrible recorrió su cuerpo desde el pelo más alto de su cabeza hasta el dedo más largo de sus pies. Con la fuerza de un volcán, una voz dijo:

—Vaya muerto más raro que hay aquí en esta playa. Tiembla y siente escalofríos.

El peor de los momentos había llegado. Su plan había fracasado antes de empezar. Los errores de cálculo habían empezado antes de salir de casa, y ahora iban a acabar en la arena de la playa. Era el momento de prepararse para lo peor. Las cosas habían llegado a su fin.

Piedra abrió los ojos y vio al gigante. Estaba estirado frente a él, con las manos en la barbilla. Sí, el gigante estaba en la misma posición en la que tú tomas el sol cuando estás en la playa y decides tumbarte de espaldas. Solo hay que decir que aquel monstruo no estaba tomando el sol, estaba mirando al extraño muerto que temblaba y se estremecía.

—¡Eh, pero si no está muerto! —dijo el gigante con una mueca en la cara.

Piedra se quedó mudo, dirigiendo una mirada examinadora a su futuro devorador. El gigante también le interrogaba con la mirada, preguntándose mil cosas. Sin duda, tan extraño era el uno para el otro como el otro para el uno.

El gigante era, verdaderamente, gigantesco. Tenía los ojos azules, inmensamente azules. Parecían una piscina. A Piedra le parecieron unos ojos bonitos. En el fondo, el monstruo no tenía un aspecto tan terrible. Lo único que le hacía monstruoso era su estatura, pero por lo demás

era, incluso, guapo. La larga melena, negra como la pez, se la había recogido en una especie de moño del tamaño de una pequeña colina. Aquella nariz que tenía que estar llena de babilla verdosa de moco, estaba limpia y no habían restos extraños en ella. Todo en ese supuesto monstruo era pulcro y delicado.

Seguían mirándose, y eso a Piedra le tranquilizaba. Volvió a ser el gigante quien habló primero:

—¿Vienes a atacarme, verdad? —dijo con un extraño tono de tristeza.

—Yo... no... bueno... en fin... —intentó decir Piedra mientras era observado por aquellos ojos de piscina.

—Sí, vienes a atacarme.

Piedra no sabía qué decir. De hecho venía a atacarle, pero de hecho no.

—No, no exactamente. No vengo a atacar. No podría —contestó al fin Piedra.

—Me alegra eso, la verdad es que me alegra. Ya empezaba a estar un poco harto de tanto ataque. Dime, ¿tienes hambre? Supongo que sí, no creo que hayas desayunado.

7

DOS PEQUEÑOS CHARCOS EN LA ARENA

EL gigante se encargó de recolectar la fruta más buena y sabrosa de los árboles de Arbentuch. Los dos desayunaron mucho y muy bien. Un olor a tienda de golosina lo inundaba todo. Parecía un anuncio de televisión: los dos delante de un mar precioso, bajo un día de soles y con la brisa acariciándoles las mejillas, como queriendo relamer el jugo que se quedaba en la comisura de sus labios.

Cuando sus barrigas dijeron basta, se tumbaron sobre la arena, aún fresca por la humedad de la noche. Piedra pensó que se estaba muy bien en la isla, y que de tanto comer le saldrían agujetas en las mandíbulas. De las mandíbulas pasó a pensar en lo grandes que son las bocas cuando están abiertas, de ahí saltó a los dientes afilados, y de los dientes afilados a su compañero de desayuno, que tenía unos dientes como sables. Su cabeza se detuvo para sorprenderse. ¡Acababa de desayunar con un gigante como no lo había hecho nunca con un amigo! Siguió saltando en el riachuelo de su cabeza y recordó las palabras dichas en la asamblea. Los miedos volvieron a arremolinarse furiosos. ¿Y si el gigante aparentaba ser su amigo para devorarle después? A fin de cuentas, él nunca había tenido un amigo de verdad, ¿por qué iba a tenerlo ahora? Además, no conocía ni el nombre del gigante, ni el porqué había venido hasta el planeta de los superhéroes. No sabía nada. ¡Qué tonto era! ¡Mira que le habían dicho veces que no hablara con desconocidos! De pensamiento en pensamiento fue saltando hasta llegar a una conclusión: todo era una farsa, una gran trampa. Seguramente, el gigante pensaba que estaba flacucho y no valía la pena comer un aperitivo tan soso. Primero, tendría que engordar a su presa para… ¡Ñam!

Piedra volvió a sentir miedo y tembló en un escalofrío que atravesó su cuerpo erizándole la piel. El gigante se dio cuenta:

—¿Qué pasa, amigo, vuelves a tener frío?

Piedra no supo contestar. De nuevo se quedó sin palabras. Tal vez esa pregunta era parte del plan, tal vez era una trampa dentro de una trampa.

—¿Acaso mi pequeño amigo se ha comido la lengua mientras comía fruta? —insistió el gigante.

Piedra contestó. Decidió ser sincero, contestar abiertamente. Dijo lo que pensaba: que temía por su vida, que estaba casi seguro de que todo era una trampa y que ahora se hacía el bueno para comérselo después. Aceptó con valentía que tenía miedo y explicó, sin reparos, que él no era como los demás, que no tenía poderes, que era sencillo como una piedra sencilla y que por eso le habían puesto ese nombre.

El gigante no contestó, ni atacó, ni gritó enfurecido. Pero de sus ojos del color del agua de piscina brotaron unos lagrimones que, al caer, hicieron dos pequeños charcos en la arena. Piedra se disgustó mucho al ver llorar al gigante. Vio enseguida que se había equivocado, que sus pensamientos le habían llevado al error. Quiso solucionarlo y quiso hablar. Lástima que antes de conseguirlo el gigante dijese:

—No sé qué haces en esta isla. No sé cuáles son tus intenciones. Cuando te vi desmayado en el mar, flotando como un pez moribundo, decidí traerte hasta la orilla. Pensé que tal vez me atacarías, pero aun así no podía dejarte a la merced del mar. Ahora veo que no quieres atacarme, tal vez porque no puedes, pero me da igual, prefiero que ni lo intentes. No me gustan las peleas. Tal vez tú piensas que sí, incluso pensarás que como carne, pero no es así. No sabes nada de mí, pero si quieres, y no piensas cosas tontas, te explico algo.

Piedra afirmó con la cabeza. Ahora tenía la oportunidad de disipar todas las dudas que se habían ido enmarañando en su imaginación. Abrió los ojos, como si al tenerlos más abiertos pudiese escuchar mejor.

—Yo soy como tú. En mi planeta todos son gigantes, gigantes de verdad. Yo no. Yo soy bajo, muy bajo. Tan bajo soy que mi nombre es Pequeño Enano. Para empeorar las cosas, el destino me hizo nacer en la familia real. Soy hijo del Gran Rey de Gigantia, el mundo de los gigantes. ¿No te ha sorprendido que hable tan bien y que domine tanto tu lengua? Eso es porque a los hijos de los reyes se nos enseña, desde que somos niños, todos los idiomas de todas las galaxias. Sé que te costará creerme, pero hablo más de 64 500 idiomas. Sí, sí, tal y como lo oyes. Los domino casi todos perfectamente. Al fin y al cabo, sigo siendo un príncipe. Pero en fin, lo que te decía: mi padre es rey, y es alto como el cielo. Todos le respetan y le quieren. Es un buen gobernante, pero yo he sido su gran fracaso. Al menos, he sido grande en algo... El caso es que no podía seguir viviendo en mi planeta, así que decidí irme y vine aquí, al planeta

de los superhéroes. Leí en varios libros de la biblioteca real que los superhéroes son justos y buenos, y que nunca utilizan el poder contra los débiles y desvalidos. Pero veo que no, que sois *supernormales,* con algún poder que otro, pero no muy distintos del resto. Perdona por haber llorado, pero estoy un poco nervioso. No esperaba esta bienvenida, la verdad.

Piedra quedó impresionado por la ternura del relato del gigante. Era una historia de lo más triste. Piedra podía comprender bien a Pequeño Enano. Los dos tenían cosas en común, aunque ser hijo de un rey era peor. Empezaron a hablar como amigos que no se ven desde hace muchos años. Los dos escuchaban, preguntaban y se interesaban, reían y se ponían serios, se sorprendían y comprendían. Fue una conversación muy larga y aprendieron muchas cosas. No parecía, para nada, que estuviera hablando un gigante pequeño con un héroe sin poderes.

En un momento de silencio, Piedra volvió a recordar las palabras de Pantagloss. Los superhéroes estaban preparando la invasión a la isla. Querían atrapar al gigante o, incluso, matarlo. Piedra puso una cara de preocupación que no pasó inadvertida para Pequeño Enano.

—¿A qué viene esa cara tan larga?

—Es que me he acordado de algo —contestó cabizbajo Piedra Sencilla—. Van a venir a por ti. Lo oí en la asamblea. Quieren atacarte, porque ellos no saben lo que yo ahora sé. Creo que deberías volver a tu planeta.

—Ni hablar, ni lo pienses, ¿qué te has creído? —dijo enfadado—. Tú quieres que me vaya. Has venido para eso. Quieres demostrar a esa gentuza que sirves para algo, ¿verdad? ¡Será posible tanta falsedad en un bichillo tan pequeño!

Pequeño Enano, muy enfadado, se levantó de golpe y se fue andando por la playa. Como si nunca hubiese estado desayunando con el gigante más pequeño del universo, Piedra se quedó solo frente al mar.

8

JUA JUA JUA

DESPUÉS de pensar en cómo se portaría un amigo de verdad, no supo qué hacer. No estaba acostumbrado a las relaciones de amistad. ¿Sería buena idea ir detrás de Pequeño Enano o sería mejor esperar a que se le pasara el enfado? Primero pensó en quedarse sentado en la orilla y no hacer nada. Normalmente, cuando no estaba de acuerdo con algo esperaba a que los vientos cambiasen. Pero esta vez no podía, cuando se tiene un amigo se pueden hacer muchas cosas, pero no hacer nada es imperdonable. Finalmente, decidió seguir las profundas huellas que el gigante había dejado en la arena. Ya se le ocurriría alguna manera de hacer las paces.

Dando siete u ocho pasos por cada paso del gigante, Piedra intentó ir lo más rápido posible. Cuando empezaba a creer que el gigante se había ido volando, vio su figura inconfundible. Ahí estaba, sentado en la orilla, como cuando estaban desayunando juntos.

Piedra intentó acelerar el paso, pero tuvo que pararse un momento. Jadeaba como si alguien le estuviese robando el aire. Forzando la vista, pudo ver a su enorme amigo con algo entre las manos. No podía distinguir de qué se trataba, pero estaba seguro de que no era una fruta. ¿Qué estaba haciendo? ¿Qué tenía entre los enormes dedos? Piedra pensaba, buscaba explicaciones. Pensó en lo único que había en esa isla que no era fruta. ¡El frasco de *Tumbum gigantum!* Ya ni se acordaba del maldito somnífero. Seguramente, pensó, el gigante lo habría encontrado tirado en la arena y ahora pensaría que se trataba de algo inofensivo. Efectivamente, la figura en la distancia hizo un gesto de levantar un brazo, inclinando la mano hacia la boca. Si bien Piedra no veía el frasco, podía percibir que el gesto era similar al de beber. Piedra empezó a correr y a gritar.

—¡No, no! ¡Espera, espera! ¡No hagas eso!

Corrió tan a prisa que pensó que las piernas saldrían disparadas de sus ingles. Corrió como nunca, pero iba, mas o menos, a la velocidad de siempre. De pronto, vio al gigante desplomarse sobre el suelo, y la tierra retumbó, haciendo saltar a Piedra por los aires. Aunque se hizo daño, se levantó y siguió corriendo, pero ahora, en vez de gritar lloraba y se hacía muchas preguntas. ¿Y si no era un somnífero? ¿Y si era un veneno mortal? ¿Y si en vez de tumbar gigantes, los enviaba a la tumba?

Pegó patadas a la arena como si esta tuviese la culpa. No quería que su amigo muriese. Pero ya era demasiado tarde, el frasco estaba vacío y la tripa del gigante llena.

—¡Despierta, no puedes hacerme esto! ¡No puedes hacerme esto! —gritaba desconsolado Piedra.

No había nada que hacer. El gigante parecía una estatua derribada. Piedra se abrazó a su amigo y empezó a llorar.

Notó unos golpes en la cabeza. La tripa del gigante saltaba como si se hubiese tragado un corazón. ¿Eran los efectos del veneno? Piedra se apartó y le miró. Parecía que estaba abriendo los ojos. Sí, los abrió y luego balbuceó:

—Tu cantimplora, además de pequeña, tiene un agua asquerosa.

Dicho esto, Pequeño Enano empezó a reír y a reír y a reír. Su risa sonaba por toda la isla. Era una risa fuerte y sincera, contagiosa y feliz.

—Ay, perdón, perdón... ji ji ji, no sé qué me hace tanta... jua jua jua JUA... Ay... gracia, tanta gra... ja ja ja...

Piedra no sabía si reír o llorar. ¿Y si ese veneno mataba después de reír?

Revolcándose por el suelo, el gigante seguía tronchándose y a Piedra se le escapaba, de tanto en tanto, alguna sonrisa, pero seguía preocupado.

Pequeño Enano acentuó aún más su risa y extendió el brazo. Estaba apuntando al mar. Piedra giró la cabeza y vio a un grupo de cien superhéroes, preparados para iniciar la gran batalla. El general Poca Broma era el encargado de dirigir aquel pequeño batallón.

Todos en el planeta conocían al general Poca Broma. Era un tipo bajito, con un estúpido bigote rizado hacia arriba. Su gran poder era su mal genio. Era incapaz de entender ni una sola broma, ni un solo doble sentido. Para él todo era en serio y no soportaba las tonterías; enseguida respondía con agresividad y violencia.

Piedra Sencilla se quedó de piedra, nunca mejor dicho. El gigante seguía con sus cosas, riéndose de todo. No parecía importarle el ataque que pronto caería sobre él. Los héroes no reían, estaban serios y en línea frente a la orilla. Unos volaban, otros estaban de pie encima del agua y algunos llevaban *deslizabarcos* en los pies. El general Poca Broma empezó a hablar:

—Tranquilo muchacho, no temas, HEMOS VENIDO A SALVARTE. ¿Me oyes?, no tengas miedo, acabaremos con ese monstruo.

—¡Estoy aquí, hijo. Tranquilo. No pasa nada!

Era su padre, el hombre invisible. Todo se complicaba cada vez más y más.

—Hijo, esto no es nada. Debes estar muy relajado y no dejarte llevar por el miedo. Es muy importante que no te dejes llevar por el miedo, ¿me oyes?

—Sí, papá —contestó Piedra—. Estoy bien, no me pasa nada. No es lo que parece, pero no sé qué le pasa. Se está partiendo de risa. Se ha tomado un veneno o algo así. Yo pensaba que se iba a morir, pero se está muriendo de risa.

—¿Veneno? —dijeron al mismo tiempo el hombre invisible y el general Poca Broma.

—Sí, ese que tenías en la estantería de las plantas. Es que tenía un plan, aunque ahora he cambiado de idea. Al principio, el gigante me salvó la vida, pero luego se enfadó y sin querer se tomó el veneno…

—¿No será una broma? —gritó desconcertado el general—. ¿Se puede saber qué está diciendo tu mocoso?

—No lo sé —contestó el padre—, espere a que se lo pregunte. A ver, hijo, explícate mejor y más alto. Con la risa de ese monstruo apenas se te oye.

—¡Que me llevé el frasco de *Tumbum gigantum!*

—¡Ay madre! —exclamó el hombre invisible llevándose las manos a la cabeza—. Ya ni me acordaba de ese preparado. No es ningún veneno para matar gigantes. Es un extracto de varias plantas de la risa. Sirve para hacer reír, por eso le llamé «Tumbagigantes». La risa puede tumbar al gigante más descomunal, pero era en un sentido metafórico. Jamás pensé que un gigante se tomaría mi mezcla.

Las cosas no podían ser más extrañas: una isla con un gigante que se muere de risa, un batallón de superhéroes dispuestos a atacar y un general que no entiende nada y no sabe qué hacer.

Justo en ese momento...

9

LAS PALABRAS VIAJERAS DE PIEDRA SENCILLA

HASTA las finas nubes que enmarañaban el cielo empezaron a temblar.

Nadie podía dar crédito a sus ojos. Unos, porque nunca antes vieron nada tan gigantesco, y otros, porque no esperaban que su padre se presentara de golpe. Sí, tal y como ya habrás adivinado, el padre de Pequeño Enano estaba en la isla.

Era tres o cuatro veces más alto que su hijo, más terrible y descomunal. Piedra Sencilla entendió perfectamente la razón del nombre de su amigo. Al lado del padre, el hijo era realmente pequeño y enano.

Los héroes seguían en formación delante de la playa, parados encima de las aguas como olas perennes. Piedra y Pequeño estaban en la arena y el Gran Rey estaba detrás de ellos.

A Pequeño Enano se le pasó la risa de golpe.

Sabía que su padre venía a buscarle y a regañarle por haber abandonado el planeta.

Nadie se atrevía a hablar, nadie quería dar el primer paso. Todos se miraban fijamente, temiendo que en cualquier momento empezara la batalla. Al final, habló el Gran Rey y lo hizo con una voz de avión-que-pasa-justo-por-delante-de-tus-narices:

—¡Salid de aquí, pulgas! Dejad en paz a mi hijo. Que nadie se atreva a tocar ni un pelo de ese muchacho. Si alguien se mueve, le machaco.

—No somos pulgas —contestó el general Poca Broma—. No entiendo cómo nos puedes confundir con pulgas. Las pulgas no hablan.

Todos miraron al general. Nadie pudo entender su comentario, estaba bien claro que el Gran Rey no pensaba que fueran pulgas, pero Poca Broma no era capaz de entenderlo.

—En fin —siguió el Gran Rey dirigiéndose a su hijo—, espero que tengas una buena excusa para haber abandonado tu planeta. Un príncipe como tú no puede actuar de una manera tan caprichosa y cobarde. Yo te he enseñado a afrontar las críticas con honestidad y valentía. Pero prefieres huir, largarte a este horrible planeta de pulgas y dejar a los tuyos. Bueno, ahora dime: ¿te han hecho daño? Esta gentecilla es violenta, espero que no

te hayan hecho nada o me los cargo de un bandazo. ¡Qué caray, soy el rey más grande del universo!

—No, papá —contestó Pequeño—, no me han hecho daño.

—¡Pero se lo vamos a hacer! —gritó eufórico el general Poca Broma—. ¡Vamos a acabar con los dos! Nos da igual que seáis grandes y gigantescos. Vamos a acabar con vosotros y utilizaremos vuestros cuerpos muertos para que jueguen los niños y se rían de vosotros. ¡Monstruos!

—Eres una pulga muy molesta —replicó el rey—. Voy a aplastarte tanto que desaparecerás de este mundo y no podrás entrar ni en el más allá. No te reconocerán ni en el Cielo.

—¡Pero qué manía! No somos pulgas. No entiendo su insistencia. ¿Alguien podría explicármelo? ¿No ha quedado suficientemente claro que no somos pulgas? ¡NO SOMOS PULGAS!

—¡Os voy a machacar!

El Gran Rey empezó a moverse, y los superhéroes prepararon sus poderes. La mecha estaba encendida, la batalla a punto de empezar. Los dos bandos tenían unas ganas enormes de machacar a su rival. Al general Poca Broma se le encendieron los ojos con el fuego de la ira. Para él era uno de los mejores momentos de su carrera militar.

Por fin, una batalla de verdad. Por fin, una digna pelea con un digno contrincante: nada más y nada menos que el rey, el Gran Rey más grande de todo el universo. Poca Broma sabía que, si ganaba, sería coronado como gran líder, laureado con los honores de los valientes. Sería el salvador.

Sin pensarlo, Piedra Sencilla saltó, abandonando su quietud perpleja, y se interpuso en el camino de la guerra. Alzó los brazos y empezó a hablar a gritos, con la esperanza de que sus palabras volasen hasta la razón de los dos enemigos. Porque del mismo modo que el Amor viaja desde los

ojos hasta el corazón, la Razón puede viajar desde los oídos hasta el entendimiento.

—¡Tranquilos, por favor! No hace falta que nadie machaque a nadie. Primero de todo, quiero
decir que yo soy un poco culpable, como todos
los de mi planeta. Quiero pedir perdón a mi amigo, a mi amigo más grande: el gran Príncipe Pequeño. Yo vine aquí para acabar contigo, es cierto, y tienes razón al enfadarte conmigo. Pensé
que eras una amenaza, pero me equivoqué. Lejos
de ser un peligro, has sido lo mejor, por no decir
lo más grande, que ha pasado por mi vida.

»Él no es un peligro —continuó dirigiéndose a
sus compatriotas—. No está aquí para invadir a nadie. Tal vez Pantagloss nos convenció a todos de
que era así, pero no. Él ha venido a buscarnos, esperaba mucho más de nosotros. Esperaba encontrar el cariño que tal vez no le dan en su planeta, o
que él no supo ver».

Todos se quedaron callados. El silencio era una
buena señal. Las palabras de aquel mocoso habían viajado traspasando, como una mirada de rayos X, el muro de prejuicios de ambos bandos.

El silencio duró y duró. Nadie se atrevía a romper el espeso silencio que las palabras de Piedra
habían producido. Nadie, hasta que Pequeño
dijo:

—Gracias, amigo.

Acto seguido, abrazó a Piedra... Bueno, eso de abrazar es un decir, lo que ocurrió en realidad fue que Pequeño cogió a Piedra con una mano al estilo King Kong.

10

ESCUELA DE SUPERHÉROES

PIEDRA llegó pronto al despacho de la capitana Marvelia.

—La capitana aún no ha llegado, señor Piedra Sencilla. Si quiere, puede pasar a la sala de espera —dijo un amable recepcionista.

«¡Qué gracioso que me llamen señor!», pensó mientras entraba a una elegante sala. De hecho, desde lo sucedido en la isla de Arbentuch, todo el mundo le trataba con mucho respeto. Ya había pasado un año, un poquito más incluso, pero la gente no se olvidaba. Durante todo este tiempo, Piedra tuvo que hacer un montón de entrevistas para distintos periódicos, incluso habían venido reporteros de Gigantia para hacer un gran reportaje que se tituló «Los dos días que cambiaron la historia de dos planetas».

A él, tanto alboroto le parecía exagerado. Pero eso no era lo que pensaba el resto del planeta, sobre todo la capitana Marvelia, la mujer que había sustituido a Pantagloss. Sí, el pobre Lenguado pagó el precio por convencer a todo el mundo de que lo mejor era atacar. Se había demostrado que tal vez tenía los argumentos, pero no tenía la razón.

La capitana Marvelia era una mujer de poderes básicos. Eso significa que vuela, se mueve con una agilidad increíble y tiene un escudo de energía que puede repeler la mayoría de los ataques, pero no tiene un poder específico y distinto, como el Hombre de Dedos de Humo, por ejemplo. Lo que sí tenía era un gran sentido de la responsabilidad y del deber. Estas cualidades, por encima de los poderes, había llevado a la capitana a ganar las primeras elecciones del planeta de los superhéroes.

Piedra pensaba en estas y otras cosas, aunque prefería no ponerse nervioso. Marvelia le había citado, pero ¿cuál era el motivo? No lo sabía...

—Perdona por mi retraso, Piedra. ¿Puedo llamarte Piedra, verdad?

—Sí, sí. Por supuesto.

Entraron al despacho y, sin tiempo ni de sentarse, la capitana dijo:

—Te preguntarás qué haces aquí.

Piedra asintió con la cabeza.

—Bueno, primero déjame que vuelva a darte las gracias. Lo de la isla de Arbentuch no tiene precio.

—No, yo…

—En fin, pasemos a nuestros asuntos, no quiero que por mi culpa faltes a clase. Por cierto, he hablado con tu profesor de Historia Poderosa y me ha dicho que sacas muy buenas notas y que, además, te interesa mucho. Eso está muy bien. Y me facilita las cosas.

—¿De verdad? —contestó Piedra torpemente.

—Sí. Sé que aún no has estudiado a fondo la Historia de los Viajes Intergalácticos…

—Pero he leído cosas —interrumpió Piedra para hacerse un poco el interesante.

—Sí, muy bien —dijo con desgana la capitana—. Pero escucha lo que tengo que decirte. Hace mucho tiempo, los superhéroes viajábamos a otros planetas de la galaxia. Aprendíamos las formas de vida de otros mundos y, en ocasiones, ayudábamos a mantener, con nuestros poderes, la paz. Sin embargo, las visitas se volvieron peligrosas. Algunos superhéroes, viendo que tenían poderes de los que carecían los habitantes de esos planetas, se convirtieron en supervillanos con un solo objetivo: dominar cuantos más mundos mejor. Uno de los planetas más castigados y

deseados por los villanos fue la Tierra. Tan deseado fue este planeta, y tantas batallas hubo, que los terrícolas plasmaron esa época de guerras entre superhéroes y supervillanos en pequeños libros dibujados, también llamados cómics.

»Tantos fueron los problemas que llevamos a la Tierra, que al final se decidió no viajar más. De eso hace ya algún tiempo, y, sin embargo, hemos decidido emprender una segunda era de viajes. La razón es bien sencilla: si hubiésemos conocido mejor el planeta de los gigantes no habríamos empezado a atacar como locos. Seguramente, habríamos tratado el tema con serenidad, contactando con el padre de Pequeño Enano para que entre ellos solucionaran sus diferencias.

»Pero no queremos que se repitan las luchas. Queremos que los superhéroes vaya a otros planetas para aprender y conocer, no para que se vuelvan villanos con ganas de conquistar el universo.

»Por eso, he decidido, querido Piedra, abrir una escuela de superhéroes. Tengo la esperanza de que, en esta ocasión, conseguiremos comportarnos mejor que en el pasado. Quiero que, desde pequeños, los héroes y las heroínas más especiales se preparen a conciencia. Sin duda, he pensado en ti como primer alumno.

—¿Cómo? —se le escapó a Piedra como un estornudo—. Pero si yo no tengo poderes, usted ya lo sabrá.

—Yo sé lo que tengo que saber —dijo secamente Marvelia, a quien no le gustaba que le llevasen la contraria—. Tienes lo necesario para ir a la Tierra.

—¿A la Tierra? —otro estornudo.

—Sí. Allí, según los informes secretos, hacen falta cosas más poderosas que los simples poderes. Los terrícolas carecen de ellos, pero han conseguido armas mucho más poderosas y destructivas que cualquiera de nuestros poderes. Tu misión será ir y aprender de ellos, pero también intentar, si es necesario, hacer lo que hiciste en la isla de Arbentuch. Ellos no necesitan a más *supermanes,* créeme… Pero bueno, antes de la misión debes ir a la escuela de superhéroes y prepararte. Me he permitido hablar con tus padres y a ellos les parece bien. No hace falta que me contestes ahora, puedes comentarlo con ellos. Yo quería darte la noticia. Para nosotros será un orgullo mandarte al espacio y empezar una nueva era en la que dejemos de estar aislados, mirándonos nuestros superpoderosos ombligos. Además…

La capitana habló durante bastante rato. Piedra no escuchaba. Su cabeza se había disparado y

solo era capaz de pensar en la escuela de superhéroes, en los nuevos compañeros, en la tierra,
en viajes intergalácticos…

—Y bien, Piedra Sencilla —concluyó Marvelia—, ¿tienes alguna pregunta?

—¿Cuándo empiezo?

—No es bueno perder tiempo, así que empie-
zas… en diez minutos.

—¿En diez minutos? —se sorprendió Piedra,
que tenía la esperanza de que fuera una broma.

—¿Tienes algo mejor que hacer? Tus compañeros te están esperando.

—¿Pero no era yo el primer alumno?

—Se nota que eres hijo de la mujer incógnita.
No paras de hacer preguntas. Sí, primero pensa-
mos en ti. Por eso, te lo hemos dicho el último.

Piedra no entendía muy bien la lógica de ese
planteamiento, pero casi sería mejor empezar en
diez minutos, y así no tendría demasiado tiempo
para ponerse nervioso.

¿Cómo serían sus compañeros? ¿Qué superpoderes tendrían? ¿Cuándo harían la primera misión? ¿Por qué no podía parar de hacerse preguntas? Las respuestas, Piedra las empezaría a
descubrir en solo diez minutos. Nosotros, tendre-
mos que esperar un poco más…

ÍNDICE

OTROS TÍTULOS PUBLICADOS
Serie: a partir de 10 años